창비시선 116

고 형 렬 시 집

사진리 大雪

창비

차　　례

제 1 부

제 2 부

제 3 부

제 4 부

제 5 부

제 1 부

우 수

오리들은 하늘이 찬란한 새봄도 맞지 않고
시베리아로 떠나서 밤섬은 텅 빈 모래밭뿐
산에 진달래 길가에 개나리 담에 목련 피면
아름답다고 아무리 애를 써서 마음 주어도
물장구치고 떠들고 싸우고 울던 이웃들은
훠얼훠얼 어느 멀고도 먼 곳으로 날아갔다
그리하여 오늘 나 여기서 노래 하나 부르니
모래밭에 우수 지나 밤섬은 후회만 가득해
심심 산비알을 감자 혼자 외롭게 익어갔듯이
사랑은 강 안에서 바라보며 탐하진 않았으나
저 건너 강심 한가운데 바람만이 스치우고
모두 떠난 백사장에 흰 봄빛만 놀고 있구나.

사진리 大雪

하아얀 눈이 마당을 여드레 내리고 나니
눈이 정말로 무서워졌다. 아흐레 만에 날이 드니
눈물이 나는 오후였다. 아무리 말해도 듣지 않는 선처럼
해도 우물우물 빨리 서산으로 지려 하고
마을은 오랜만에 빨간 불빛들을 서로 볼 수 있었다.
죽지 않고 살아 있는 친구들의 말소리도 들려왔다.
언제나 어둡고 높고 촌스럽기만 하던 설악산이
사진리하고는 바닷가하고는 아무런 상관이 없는 산이
그날 처음으로 야산이 되는 것을 보았다.
우리하고는 아무일도 없는데 거만하게 하늘로 솟았던
산이 순하디순해져서 고요하기 이를 데 없었던 것이다.
육백 미터 팔백 미터 산과 수백 미터 낭떠러지가
눈으로 평지가 된 것처럼 산지붕이 야트막하였다.
몇개의 봉우리만이 흐릿한 윤곽을 드러내고
산은 정말 별볼일없는 어촌일지라도 인가 쪽으로 다

가왔다.

뽀야니 떡가루를 뒤집어쓰고 잠든 눈 속에 내려앉아서
눈주목 눈측백 눈잣나무가 아주 눈에서 사라져버렸다.
모든 형상과 색이 파묻혀 어떤 움직임도 소리도 없었다.
세상은 사진리에서 그 끝까지가 고요, 고요였다.
공룡 청봉이라는 것들이 눈앞에서 잡힐 듯하였다.
후우 세게 입김을 불면 날아가버릴 듯이 작아져서
마치 산은 사진리에서 멀리로 내려다보이는 것 같았다.
나는 그날 오후 이후 이때까지 설악이
그처럼 낮아지고 아름다운 적을 본 적이 없었는데
해가 지고도 한참을 설광 때문에 새벽 같았다.
발간 등불과 후레쉬 불빛이 흔들리기 시작하던 마을
사진리는 그제서야 사람 사는 마을이 되었다.
아흐레 동안 산이 눈 속에 파묻혔던 것이다.
그런데 놀라운 사실은 그날 내다본 동해는
무슨 일인지 물 속에 다니는 고기 소리가 날 듯이

맑게 개인 하늘 아래 호수처럼 잔잔히 흐르고 있었다.

눈도 한 송이 쌓이지 않고, 그만으로 흐르고 있었다.

* 사진리는 속초시 북쪽에 있음.

백 산 다

東海 멀리 바람 불어 보이지 않아요
白山茶 꽃잎 하나 가볍게 떠올라
내일 아침 10시에서 11시에 지오려고
수미봉에 어른어른 흔들리고 있습니다
남아 있는 님들이 한속으로 꿈꾸어

패인 白山茶 꽃잎 하나 동동 떴네
선한 마음만큼 罪진 마음 슬프게
아이들 꼭지 물고 어쩌자고 웁니까
東海 바람 불어 離別 보지 못했어요

거　　미

「修羅」에 답한다

먼지 끼고 떨어진 거미줄만 남기고 너는 어데로 갔느냐
무서운 제비가 날개에 너의 집을 휘감고 사라졌느냐
아 거미, 썩은 서까래와 변소 처마에 이슬을 매달았던
아름답던 날들은 다 어데로 가고 말았느냐, 거미야
길이 얼고 솔나무에 내린 눈이 얼음덩어리가 되었다
하롱하롱 학다리로 줄을 타던 네가 대뜸 보고픈 날
기름 오른 피마주 알몸으로 너는 어데로 가고 없느냐
이 추운 겨울날 웅굴이 얼고 설해가 전해오는 삼동에.

* 「修羅」는 57년 전 시집 『사슴』에 발표된 백석의 시.

수　　원

남녘 하늘로 내려가고 있다
언제나 그들의 물소리를 들었다
오간 적이 없는 무추억의 하늘
겨울이 돌아올 때 별들조차
못 데리고 오는 무서운 남쪽
저 남빛 하늘이 바뀌고 있다
태백산 동쪽 지리산 남쪽,
봄은 남이 아닌 북에서 갔다

겨울의 새벽 하늘은 마치
창창한 병창기지와도 같구나
얼어붙은 금강산 아침 물 같구나
별들아, 부드런 눈으로 반짝이렴
기러기들 발가락에 동해 햇살,
물기를 말리며 돌아오는 세월
어느 남향산에 서 있는 이녁은
저것이 무엇인 줄 알 것인가

겨울이 돌아오면 그 자리는
텅빈 봄, 그는 늘 노래했었다
동지가 지나면 봄이라고.

탄　　생

탄불이 사그러드는 해안 깊숙한 곳
일광이 아직 새어나오지 않은 어두운 지방
땅이 보이면서 집이, 물이, 바위가, 섬이 보이자
빨갛게 피어오르는 수평선 아이 울음소리, 아
자지러지게 들려오는데, 이 세상 첫날은 추운 날
하늘을 울리고 지나가는 무서운 세월의 소리 듣는
다.
넌 누구니? 네가 태어난 지금은 어느 때이니
우리가 물들인 세상에 이제 너는 태어났구나.

조실의 마음

새벽녘에 한기가 스미더라.
덜커덩 문을 여니 산하 온 산은
겨울 눈꽃을 만발하였다.
간밤에 내리는 눈은 알지 못했어라.
늙은 몸 속에 어린 아기
그 꽃핏덩이가 약동을 하는구나.
첫아이가 선 새댁의 심장처럼.

정지한 아침의 공기가 좋다.
여기서 무엇을 더 바라야 하겠는가?
간밤에 내리는 눈은 보덜 못했어.
눈이 그친 새벽녘 요가 차서
몇번 몸을 뒤척거린 일이 있지.
조금 전에 덜렁 문고리를 열었다.
그랬더니 오늘 이런 아침이구나.
얼마나 좋으냐, 눈 밑에 흐르는 새나
설궁을 날아가는 저 사람들이.
아궁이에 아는 불을 땠습니다.

먼물이 죽는다

먼 곳에 흘러가고 있는
물의 여행 소리를 들으면 즐거웠다
그들의 건강을 걱정하지 않아도
우리들의 본디 사랑과 예의는
신뢰에 아무런 의심이 없었다
들녘 곳곳에 넘쳐 흐르는 음악을
모두 노래해야 할 필요도 없었다
하나의 사랑이었기 때문에
물의 축복으로 살았던 것이다
넘쳐나는 물의 풍요로 살았던 것이다
다리와 팔이 피곤하던 날에
산이 내다보이는 방문을 열고 누워
자면서 깨면서 흘러가는 물소리를
우리들의 아버지들은 들었다
또 어머니들은 수십년 전의 물음악과
시오리 벌판의 물빛을 담았으나
깊은 땅속물이 썩어가면서 오늘

우리들은 피폐하게 잠들 뿐이다
우리들의 가슴에 불쌍하게도 무엇이
어떻게 남아 있는가 물의 꿈과
먼 속의 물이 썩음으로 하여
나의 모든 샘도 녹슬어만 가리라
먼 하늘을 숨가쁘게 돌아와도
순리인 네 목소리를 들을 수가 없고
씻으며 씻으며 되찾아오지만
이웃고 너는 죽어서 흐르고 있다

낡은 거리

거리는 건너편 옥상에
오랜 문구들이 붙어 있고
그 속에 이념들이 낡았다
양심을 맞대고 양편에 늘어선
간판마다 각색 보금을 짓지만
50년도 안된 낡은 거리는
노파가 죽고 아이가 늙었다
발걸음을 맞춰주는 레코드가게, 도장포집
표어가 낡은 거리는 낡다
마음이 젊어서 늙는 거리이므로
소방소와 검문소 신고판 위
옥상에는, 봄구름이 북으로 간다

무엇으로 이길 수 있을까
이곳을 찾아왔다 돌아가는 사람들
어제의 우표보다
오늘은 여인들도 새롭지가 못하다

기계가 노쇠한 거리는
자본가의 벽이 없는 거리는 그러나
전쟁만큼 낡고 있다
하수도가 파손되고 전봇대가 기운
벽의 거짓들은 희미하게 사라졌다
한 세대가 지나가며
지금은 역사의 주인 같지만
광화문도 늙고
그 광화문을 쓴 신문도 늙었다

모 시 떡

옷이나 해 입는 줄 알았던 모시로
처음 보는 나의 친구 채규 아내가
예쁘게 만든 모시떡이라는 걸 내왔는데
나는 그 쑥떡 색의 모시떡을 몇 점
손으로 집어서 보면서 베어 먹었다
선박 로프나 어망을 만들었을 이것을
이제 보니 떡으로도 해 먹는구나 하고
내 입에는 어째서 딱딱도 한가 하면
또 조금은 차진 듯도 한 시커먼 떡은
무슨 부드러운 천을 씹는 듯도 하였다
해남에서 먼 속초에서 슬하로 자랄 때
밀가루로 반대기를 찐 배고플 때 먹던
신발짝만한 개떡 생각도 나긴 났지만
친구 아내의 손가락이 찍힌 떡을 먹었다
이것이 여차한 사치도 궁색도 아니니
나는 그냥 모시를 먹느니 내심 여기며
이 떡이 왜 이리 검냐고 여기지도 않고

하나하나 또 하나 슬커장 집어 먹었다
저그 토말이나 보길도를 보시고 가세요
하는 부인의 지어미다운 말까지 받으며
나는 친구가 참말로 그리웠던 소년인 양
스물 하고도 만 일곱 해 만에 만나서
아이 셋씩의 애비로 묘한 떡을 앞에 두고
재미나는 이야기를 밤 이슥토록 나누었다
이제 그는 남고 훌쩍 나는 떠나왔으니
정녕 나이 더 들면 그 떡맛만 남을까

선운사 悲

해마다 28일뿐인 2월 선운사는
낮은 고요가 되고 밤은 소요가 된다
경내 목백일홍이 일장춘몽 했는지
일제시대에도 흐르던 시간이 가는
물 속 돌 밑에 숨어 있던 자신들아
첨벙첨벙 길바닥으로 기어나왔더냐
입을 뗀다고 함께 울어대다가 아, 그만
서울에서 내려온 무지한 사람들의
가슴 한복판에 들리더니 묻히더니
삼인리 도솔산은 낮고도 낮은 곳으로
나이 많은 나무들이 살고 있었음에
안개 피는 이튿날 아침 선운사길은
붉은 피도 없이 처참하게 으깨어져버린
주검이 도처에 널브러져 참혹하여라
거대한 차바퀴가 치이고 사라져간
밤을 깨어나 노래하다 죽은 개구리들
이들의 노래는 어디에 남았으며
그들은 어데 가서 무슨 노래 부르나

제 2 부

추억의 갈매기
사　랑
시집 해청
石項을 위하여
삼척에서 돌아오며
신활리 눈
산딸기
청계 6가
금천탕의 옥동들
안 보이는 시
세밀 공덕동
頭輪山을 보며
農家에서
미싱틀

추억의 갈매기

너는 가끔 그물에 걸려서
겨울 오후 망선 발동기에 실려 마당에 들어왔다
쎄무가죽 같은 너의 몸뚱이는
아주 딱딱해서 발로 걷어차도 줄어들지가 않았다
뱃속에 쇳덩이가 들어 있는 것 같았다
——어렸을 때 우리는 하늘에 날아다니는 갈매기가
어째서 그물에 걸려 들어오는지 알 수가 없었다
아무리 생각해도 눈에 안 보이는
먼 바다에서는 이상한 일들이 일어나는가 보았다
한쪽 날개는 부러졌는지 축 처지기는 했었지
하지만서두 그렇게 탄탄할 수가 없었다
까맣기도 한 짧은 털들이 고르게 온몸을 뒤덮은 갈매기를
아버지 친구들은 대구보다도 좋아했다
그날 해 진 부두에서도
아버지들이 몰려든 우리들을 저리 비켜!
하면서 됐다! 고 하면서 뱃간에서 죽은 갈매기를 툭

땅바닥에 내던졌다 나는 어둠 속의 사람들 틈에서
갈매기가 날아갈 수 없다는 것을 알았다
눈을 감았지만 갈매기는 죽은 닭처럼 목을 축
보기 싫게 늘어뜨리고 있지는 않았다
설령 사람과 어업에 해를 준다 할지라도
나는 갈매기가 참고 수모를 당한다고 생각해야 했다
지금도 알 수 없는 일이지만
나는 갈매기 몸 속에 어떤 기계 하나가
잘못되어서 저러고 있다고 생각하면서
등불 옆에서 중얼중얼하였다
친구들의 얼굴을 보니 그들도 그런 안색이었다
우리는 그날 밤에 깔딱거리는 아이들로
젖은 옷을 입은 아버지들 곁에서
형렬이 너도 영종이 너도 하면서 주는 갈매기 고기
살 한점씩 맛보았다
지금은 비릿한 그 생선맛보다
갈매기 살과 국 냄새가 콧속에 살아 있다

바다를 특히나 밤 흐린 바다를 보면 생각난다
——근원을 알 수 없는 이상한 나라에서 죽어서 온 갈매기가——
물짐승이 아니라 날짐승이라 그런가 맛있다던 말소리와
우리는 어쩌면 모른다고 생각했다
갈매기가 그물에 걸린 것이 아니고
아버지들이 어렵게 싸워서 잡아온 걸지 모른다
그러니까 갈매기는 아버지들한테 싸우다가 죽어서 잡혀온 거
한 친구는 그때 그랬다
아버지들이 노끈 끝에다 갈매기를 묶어서 물에 던져가지고
집에까지 끌고 왔는지도 모른다고
우리들 중 그 누구도 나가본 적 없는 그 먼 바깥바다에서
그래서 숨이 붙어 있던 갈매기가 그만

어느 지점에서 죽었을 것이라고

기관이 울리고 뱃물살 지나가는 선미 저쯤에서……

사 랑

일출하는 지구, 자전하는 낙산.
함께 피 터지게 살아온 지난날들이
과거 속으로 사라진 아침
금빛 햇길이 물굽이에 끊기는,

이 절벽 끝을 찾아와서 본 것은
바다가 내게 가르친 것은,
세찬 파랑을 찍는 갈매기 한 마리.

알 밴 양미리를 입에 물고
고개를 숙이고 떠오르는 두 날개.
바닷물에 터진 알을 흘린다.
타악, 탁. 아프게도 공기를 때린다.

시집 해청

태백 오지의 서점에서 한쪽에 꽂혀 있는
해청을 보았다. 기침이 안 나오고 눈곱이
끼는 것 같다. 서울에서 엎드려 쓴 시들,
거기 갈 각오 속에 쓴 피가 굳은 시집
그게 그곳에 없었더라면. 하물며 저자는
그 낡은 서점의 문을 나서면서 해청이
숨어 있는 켜켜한 안쪽을 다시 돌아보았다.
뿌연 형광 불빛이 먼지를 비추고 있었다.
재작년 연말에 찾아갔던 삼척 오십천과
묵호 양양에서는 그런 것이 보이지 않던데.
서먹히 헤어진 옛 애인이라도 만난 셈에다
길을 가다가 슬쩍 훔쳐본 대형거울 속처럼
내가 잊은 내 얼굴을 만나는 것 같았네.
헌데, 어찌 어찌 내 시집이 이곳까지 왔노.

石項을 위하여

박영희 시인에게

해가 석항을 지려 할 때
열차가 석항을 향해 올라갈 때
너는 하늘의 구석을 보았는가
거기 어떠한 식구들이 살던가
점점 어두컴컴해지는 이 세상을
나는 그 고갯길에서 만났단다

시멘트빛 지붕들이 내려다보이는
누구나 그곳에 갈 순 없는
석항임을 알게 됐을 때, 친구야
짧은 해가 석항을 지려 한다
그때, 우리에게 아버지가 있음을
그리고 어머니가 있음을 알았다

차창 절벽 밑으로 가라앉는
그 길지 않은 시간 속에서
나는 살고 싶은 이웃들을 본다

갈 수 없는 석항, 저녁 석항
더 먼 곳으로 사려져가면서
나는 두 가슴의 눈을 감는다

* 석항은 태백선이 지나가는 강원도 광산촌임.

삼척에서 돌아오며

이태 만에 돌아오는 연어를 보러
일 년 만에 삼척을 일부러 갔다가
물이 타서 세수를 할 수가 없는
오십천에 온 검은 연어를 보고
대관령을 넘어 집으로 돌아오는 밤,

사십 년 동안 이 골의 아이들도
공부해서 서울로 서울로 가더니
제 할애비 뼈가 묻히고 살이 흐르는
이 삼척 고향에다가도 밤낮이 없는
죽음의 공장을 기어이 세운단다
새들에게 주민에게 정기를 빼앗는
전국토원전화의 참화를 버려두고
대진항에 내리는 조용한 겨울비는
살가웁기만 하고 걱정이 없단다
절벽에 붙은 그 작은 애기항에도
시누대를 붙잡는 비의 뜻을 누가 알까

날을 저물리며 북쪽으로 날아가는
부녀 갈매기가 어둠 속에 보인다

보이지 않는다 눈 녹은 검은 물소리
연어를 보고 돌아오는 지난 겨울
파란 하늘 한 구멍을 찾을 권리가
정말 우리에게 없는 까닭을 알다
그 까닭을 어머님의 고향에서 알다.

신활리 눈

동이 트면 뼈가슴이 새겠다
뱀이 구들장 밑에서 잠잘
첩첩산중만 같은 아버지의 고향
할아버지가 살다 죽었다는
무서운 대흥사 산이 보이는
전남 해남군 삼산면 신활리
꽃 같은 전등불만 하나 떠 있다

호오, 누가 아직도 자지 않고
긴 담뱃대를 뼛골로만 앉아서
딴딴한 아랫배로 빨고 있는가
아비는 용두리 가묘 속에서
내 아들은 어디로 떠도는가 하고
어미는 이 마을에서 울었는가
바다가 들어찬 공동묘지니이다

산 딸 기

아무 눈에 띄지 않아
고스란히 돌 틈에 흙에
돌기 진 사랑은 숨고 만
설악산 핏방울 방울

잎새로 햇살 받으며
가시 틈에 성정은 이슬로도 눈떠서
흰꽃 진 뒤 검붉게도 익었고

아 목마른 동정이여
발길 닿지 아니하는
이 산길 끝 깊은 곳을
오롯이 뜨겁게 불타다가

한여름 흑색으로
서늘한 산그늘을 어엿이 따돌리고
똑 똑 떨어져
내 七情의 가슴은 아팠네.

청계 6가

청계 6가는
네 시골 오솔길 집보다 멀다
동작교에 잘게 치는 물살에
모를 죽음은 미끄러져 가고
해는 아침을 통해 반짝였다
청계 6가는
저녁 달나라만큼 멀지 않다
화곡동 꽃이 핀 시장 뒷길
음반가게를 지나다가
하학하는 아이를 만나는 치마여
청계 6가는
내 가슴 속보다도 더 가깝다
그러나 내 마음도 청계 6가도
갈 수 없는 곳
해 진 산밑 조용한 동해안
저녁물이 뒤채기도 하는데
오늘은 20년 전 오늘

청계 6가는 멀디먼 시내였다

몇차례 교각을 지나치지만

청계 6가는

서울 복판에서 보이지 않는다

금천탕의 옥동들

꽃봉오리배꼽이 박힌 아이들의 아랫배를
내 속맘은 가지고 싶구나
숨을 들이쉬는지 금방 일어났다가
살짝 꺼지는가 싶다
네 눈도 예쁘지만 네 귀도 예쁘지만
가는 허리와 엉덩이를 미는
가느다란 두 다리로 아버지 앞에 돌아선
사내아이 하얀 아랫배 꽃봉오리 속에는
잘 자리잡은 길고 가는 작은창자
그러나 어른들 배는 밉다오
보기도 민망하게 어쩌자고 저렇게 배가 커져서
허리도 없이 뒤웅박 같을까
울퉁불퉁한 비곗살은 보기 싫다오
귀여운 사내아이들 배꼽만 예쁘다
어머니와 누나는 탐낼 만도 하지
군살도 수술자국도 없는 미끄러운 아랫배는
플라스틱 깔판에 앉아 멍하니

가슴에 물을 퍼부으면서
나를 향해 서 있는 사내아이를 저쪽에서 본다
역시 아이들 몸은 천사의 몸이야
홀쭉하고 약간 볼록한 아랫배를
이 거친 손바닥일망정 한번만 대보고 싶구나
그러고 보니 내 배도 글렀어
다시 가질 수 없는 작고 매끄러운 아이들아
내 배는 글렀어도 벌써 글렀단다
어머어마하게 불러오른 사내들의 배 곁에는
징그럽고 겁나서 가기 싫지만
내 배도 저런 뱃살이 될지 누가 알겠어
엉거주춤 벽에 기대 앉아서
뿍뿍 자기 배를 어떤 물건처럼 밀고 있는
터질 것 같은 거대한 독단지를 안은 남자들
도대체 무엇이 들었기에 그리도 부른가요
한강 옆 너네 동네 금천탕 옥동들아
이 아저씨 아이는 어디에 있겠니
아저씨에게는 아주 작은 아주머니가 있단다

안 보이는 시

용강동 삼층에서 무엇을 내다보겠느냐
서울을 그리는 사람들을 기다리는 사람아
동대문 위라도 제대로 보겠느냐 저기
신문이라도 바로 보이겠느냐
무엇이 우리 곁을 쏜살같이 지나가고 있다
어디서 불을 자꾸자꾸 때는 곳
밑에서 썩는 물만 흐르는 곳
여름이라도 제대로 보겠느냐 사람이라도 제대로 보겠느냐
조국도 나라도 분단된 줄 모르고
땡볕 밑에서 울퉁불퉁거린다, 서울은
한국의 영혼과 물질의 중심 무대
그럭저럭 서울은 해 저물어
마포도 딸려가고 다시 아침으로 빠져나오리
한 사람도 한 건물도 잃지 않고 무너지지 않고
살아 있다고 말하겠지! 그리고
눈을 멀뚱거리며 나를 쳐다보겠지

마포 삼층 편집부에서 무엇을 기다리며
한강 둑 뒤에서
서울 무엇을 내다보느냐
신문이 되지 못하는 것들이냐 관리가 찾는 것이냐
서울을 드러낸 사람들을 기다리며
망연하게 서울을 내다보는 사람아
저 너머 너머에는 또
의정부가 있느냐 백운산이 있느냐
허리 묶은 산맥들이 분명 있느냐
내 의자 밑에는 환자가 천장을 보고 있느냐

세밑 공덕동

다시 흰눈 내려
이 마포로 체인으로 철걱거릴 때
저 어둠 속에서
그들 아픔을 먼저 듣는다
햇살을 꿈꾸기보다
내 작은 출근길도 이렇게 끝나고
늪의 한 구석에서
능욕당한 아침 밥상을 만난다
날지 않는 겨울새의 눈을 본다
사랑 없는 긴 밤이 시작된 뒤에도
새해 첫날은 까치집에도 터오련만
길과 물을 얼군 이 세밑에서
웅크리게 하는 것이 우리들인가
수십년 녹지 못한 바람은
인적 끊긴 이 공덕동 거리를
인정과 이해 없이 휘몰아쳐갈 텐데
참아서 살아 이긴 자는

이렇게 늦이 걸으며 투덜거리는
나 자신은 아니리다
황량한 거리 공덕동 골목
술집 늦은 불빛에서도
아리고 아린 눈초리는 얼겠구나
흰눈 깔려
이 마포로 체인으로 철거덕거리고
배반당한 사랑은
울고 있다
저 깊은 어둠의 바닥에서

頭輪山을 보며

한갓진 두륜산은 탕 심장이 멎는데
숙부는 왜 작은 삼산북국민학교도
돌아보지를 않고 걸으시는 것일까

생전 처음으로 보는 떨기구름 한 송이
추억을 가진 뉘의 애절이 아니면
이곳에 대대 살았다 할 수 없으련만

메마른 산소를 찾은 손은 뭐며
피와 뼈가 같다는 이가 모르네 해도
다만 나 이곳에 와서 묻혔으리니

근방은 분명 맏이 태를 묻은 마을과
월초 아버님의 두륜산이 보일 것이니
한 방의 총성만이 사십년을 지우다

절로 가는 외줄기 길이 비록 휘었어도

제삿날로 그것이 가는 길이 분명커니
우리는 모두 길 위에 잠들어 있으리.

農家에서

저 닭은 뉘 집 닭일까
뱃속에 알을 품고서
흙을 득득 파헤친다
신작롯길 두엄더미에 올라
장닭은 꽁지에 힘을 뻗더니
푸드덕 온몸을 내턴다
저놈은 뱃구레에 계란을
품어본 기억이 없을 것이다
지 것이나 데려가는 줄 알고
내 발을 내려봤다가 산을 봤다가
나를 꼬나본다 움직인다
아 그러더니 이런 변이
놈은 올라타고 짓눌러버린다
아 그러나 이런 변이
암컷이 찌부러지는가 했는데
이내 꾸꾸꾸 하더니
일어나 흙을 긁어댄다

나도 장닭도 거들떠보지 않고
조금 전과 같이 뉘를 찾는다
나무에 앉는 새들에게조차
먹이를 잃지 않기 위해서
비가 오다 갠 며칠 뒤
장닭 그놈 지금 어디 있을까
암탉 고것은 고것은
어디다 계란을 낳았을까

미 싱 틀

바늘이 굵은 미싱틀이
언니들의 아픔을 말해주었다
발을 구르던 여공들의
세월을 밝혀주었다
운동화를 박고 와이셔츠를 박던
오일을 칠한 미싱틀 머리가
30년간 울리며 뛰어왔다
미싱틀은 누이들의
가슴과 허리와 눈빛이다
바늘구멍으로 그들의 머리카락이
빠져나간 역사이다

제 3 부

감자술을 놓고

참으로 오랜 세월 뒤에 속초로도 해남으로도 가지 않고 평창에 가 비오는 평창에서 산채백반을 놓고 감자술을 마신다. 입에 은근히 붙는 감자술에 왜인지 조용해 비오는 소리만 들려와 어머니도 누이들도 아이들도 없는 시간이 찻소리처럼 들려 아내는 다시 만난 사랑같이 부끄러운 과거를 숨기는 것 같고 그래서 말없는 만큼 무엇이 있었던 것인지 나하고 아내하고 몸이 너무나 가벼워져서 저승에 둘이 앉아 있는 것만 같았다. 술과 쌀밥과 산채를 놓고 밖에는 전생 된 이승에 비만 내리고 상 밑에까지 쌓이지 않고 흘러가버리고 마는 야산의 자갈물은 흙탕으로 강으로 아내의 가슴속에서 내게는 뒤섞여오고 있었다.

母　子

어머니 그래
어머니 손에서 제 손이 생겼지요 그래
어머니 무릎에서 제 무릎이 나왔지요 그래
어머니 눈에서 제 눈이 왔고요 그래

어머니 고생에 제 고생도 왔어요 그래
어머니 마음이 제 마음에 있어요 그래
어머니 그래
그때 아버지 목소리도 들었어요 그래

마을 사람들 소리도 들었어요 그래 들었구나
예 잎 지는 바람도 들었어요
그때 총소리도 들었지
그래 우리는 이곳에서 와서 이곳에서 산단다

母　　子

어제는 옛날 어머니가
양치질을 하고 들어오셔서
아이에게 아침밥을 먹이는
아름다운 꿈을 꾸었습니다.
그런데 이상한 일이 일어났지요.
옆에서 보고 있던 제가
아이가 되었던 것입니다.

어머니는 밥을 드시다가
상 옆에 혼자 놀고 있는 아이가
너무나도 귀여워서
쌀밥을 꼭꼭 씹어가지고
무릎에 앉혀 입맞춤을 하였습니다.
한번은 당신이 먹고
한번은 당신이 저작을 해서
작은 나의 입에 넣어주었습니다.

아이의 첫숟가락은
어머니의 둥글고 단단한 혀였습니다.
어미 밥은 달고 달아서
진한 젖처럼 넘어갔습니다.
어머니는 잔 멸치까지 넣어가지고
계속 입맞춤하셨지요
수십번을 잘디잘게 부수어서.

모기장 속

아버지가 자자 하였다
그리고 예쁜 담요 쪼가리로 만
베개를 놓고
두 겹 홑이불을 배탈이 난다고
아버지는 저의 배에 덮어주셨다
그리고 내 몸의 세 배는 되실 아버지가
아 시원하다시며
제 옆에 쿵 하고 누우셨다
저는 반바지 속의 제 노란 고추를
만지작거리다가 잠이 들었다
아버지 몰래
바람결로 잠이 들었다
아 참 바로 그 전이 있었지
바람에 날아가고 마는 작은 모기
날개와 다리들을 보았던 것은
별것 아니라도 얼굴 위에 달이 있었다
머리를 둔 서쪽 담 높은 곳에서

반짝이는 별들이 보였다

저어기가 북두칠……성이라고 하셨지

마당 저켠의 깨열매를 단 키 큰 풀대들을 슬쩍 보았다

밤중 어느 시간

2시 새벽은 됐을 때

저는 아버지 배 위에 저의 다리를 척 올렸다

발끝 저 먼 밑에서

차가운 파도소리를 들었다

어 이 녀석이 하시더니

아버지도 추운지 팔을 내 목덜미 밑으로 쑥 넣더니

가슴 안으로 끌어안으셨다

나는 잠뜻처럼 에잉 하고 가만히 있었다

새벽에 다시

따뜻한 잠이 들었었다

(이제 나는 이렇게 잠들었을 어머니를 생각하기 시작한다. 모기장 구멍은 얼마나 될까, 이런 쓸데없는 생각도 하면서.)

도루모기 배꼽

이십년도 더 된 일은,

선창이 깜깜한 밤이었다
아마 정월인가 섣달인가
배도 못 타는 고문관 남편들을 데리고 살던 여편네들이 있었다
사날 전에 내리다
찬바람 햇빛에 녹다 남은 눈때들이
두 섬과 북쪽 기왓골에 붙어 있었지
모랫불에 그 여편네들이
그물을 벗겨준다고 선창에 굶고 나와서
흐릿한 불을 선미에 달고 들어오는 망선배를 보고
와 하니 달려들어 닻줄을 받아서
배를 끌어당기기부터 시작하였다
이십대 젊은 가시나들이라기보담
남편 거느리는 여편네들이었지
이곳 저녁에 먼 나라에서 전투하고 돌아온 사람들

모양의 뱃놈들 털모자는
여편네들 눈에 불이 나게 부러웠다
소슬바람처럼 부는 선창의 앞바람은
이가 꼈을 속내 깊이깊이까지 파고들고
그 허허벌판 같은 선창에서
아무 소리도 없이 그물을 벗기기 시작했다
하늘의 바닷가 별들은 멀리멀리 더 먼 하늘로 도망
가고
주먹만한 겨울 북극성님만 반작반작
내 고향 선창에 불덩이 불빛을 던지고 있었다
그때 나는 그 모든 여편네들한테서
우두둑우두둑 알 깨어지는 소리를 들었던 것이다
그게 무슨 소리였을까
어머니 곁에서
주인 여편네의 눈치를 몇번 살피다가
더 어두운 모랫불 쪽으로 옮겨 앉으면서 도루모기
그 도루모기 알배 탱탱한 그물을 내 앞으로 당겼다

그리고 슬그머니 그물을 뜯는 흉내를 내면서
순식간 머리와 꼬리를 살며시 잡고
그 배꼽에 입술을 오므려 갖다 대면
그 도루모기 신기하고 기특도 했지
오도독 빨갛게 핏발선 배꼽을 터뜨려주면서
그 죽은 도루모기가
입 한가득 보리쌀만한 미끈한 알을 한주먹
쭉 싸주었다
나는 배 홀쭉해진 도루모기 그래도 눈을 뜨고 있는
머리가 뼈로 딱딱한 도루모기를 벗겨
다라에 던지는 앞집 여편네를 보았다
벌써 이십년도 넘은 고향 선창 일이다
그렇게 몇번을 호호 시린 손을 부는 척하면서
몇마리 배꼽과 키스하고 나면
더 열심히 김씨네 그물을 벗겨주었다
물론 어머니도 솔찮이 배가 불렀단다
그래도 내일 아침

김씨네가 왜 도루모기가 이 모양일까
그렇게는 하지 않았다
그것도 이십년도 전에
이십년도 전에

고향 선창가에서 있었던 일이다

겨울 양식

아버지가 들여놓던
쌀 두 가마
빚을 내서도 들이던 양식은
아버지 덕이었습니다
전후 곤고는 없지만
그 아버지 아들들은
모든 생활에
으뜸인 양식을 모릅니다
어머니가 아버지 곁에서
우리를 먹였던 양식은
눈물얼음 같았고
돌 섞인 쌀이었습니다
됫박쌀이 몇 그릇 밥이 되고
거기서 밥김났던
땀과 수모가
뼈와 노래가 됐던 양식
배고픔도 되고 배부름도 됐고

배움도 된 양식을

오늘 식구는 잊고 있어요

쌀 두 가마 돈이

두 가마 쌀은 아닌데

어느새 겨울을

약식과 편리로 살아오고 있어요

해

아이였을 때는 모른다
어떻게 어머니와 아버지가 잤는지
잔다는 것은 무엇을 뜻하는가
스스로 사랑이라 부른 살갗에
입을 포개는 역사를 어른들만 안다
후에는 마음과 몸 어린 아이들도
자신의 피와 성분을 규정하는
두 분 어머니와 아버지가
절대적인 바탕임을 알게 된다
자신들의 몸이 어머니의 뱃속에서
떡잎 모양으로 시작했다는 사실
내막을 모르는 것은 마땅한 법이고
그 내막에서 부모들은 성생활한다
아이들은 물포플라처럼 자란다
전혀 아이들이 알지 못하는
오래된 방법으로 아이들을 만들고
결혼의 계통 속에서 우리는 살아간다

우리들이 생각조차 못한 알몸으로
어머니가 나란히 아버지와 잔 것같이
해 탄생의 비밀을 마음에 간직하고
나도 아내와 함께 잠을 잤다

등댓불 소년

컴컴한 바다 밖으로 불빛을 뿌리고
등대 불빛이 하늘을 돌아서
외로운 소년의 혼자 사는 방문을
지나가버릴 때, 겨울 바다에서
명태를 잡다가 풍장이 되어 죽은
아버지를 생각하던 소년을 알지요
소년은 아버지가 돌아오지 않던
오랜 나날을 거지로 자랐지만
훌륭한 사람은 되지 못했습니다
그는 청년이 되면서 판장에서
그만 남의 꼬임에 빠져 칼을 쓰는
동해안 작은 항구의 깡패가 됐습니다
비가 내리는 어느 겨울 밤
그는 사람을 죽이고 말았습니다
지금 그는 어느 곳에 사는지
고향을 찾아서 그 불빛을 보면
아버지를 잃은 한 소년이 보입니다

그는 바다에서 죽어 무덤 없는
불쌍한 아버지를 기억하고 있을까
등대 불빛만 옛날과 하나 다름없이
하늘을 거꾸로 돌아서 나의
기억하는 눈 속에다 이야기를 한다
그 누구도 원망하지를 말라고.

나의 詩

나의 시작은 아직도
아버지의 건조업 같은 사업이 못된다
나의 시는 아버지의 건태 같은 상품이 되지 못한다
그래도 나는 나의 아버지가 되려 하고
나의 시작이 건조업만큼이라도 되었으면 한다
한파가 몰아쳐서 눈도 맞고 얼면서 녹으면서 마른 황태처럼
과분하게 나의 시가 되었으면 하는 것이다
그것은 나의 어리석은 생각일 뿐이다
나는 게을러서 아버지처럼 사업을 가지지 못했다
이러한 처지 가운데서 나의 시가 사업이 되지 못하고
잘못하면 오해가 되고 사치가 되고 마는 이상한 일이다
시라는 것이 나의 시작을 그렇게 만들지도 모르지만
나의 시는 아무래도 아버지의 건조업만 못하다
아버지의 건조업을 평생 따라가지 못할 것이다
덕장 문가에 한란계 걸어놓고 겨울 쉬파리 슬까봐

밤에는 구름을 낮에는 골과 몰개를 내다보던
아버지의 아들이 쓴 시라고 하는 것은 결국은
시를 버리고 명태를 말려보기 전까지는
마른명태를 관태해 보기 전까지는 아무것 아닐 것이다

* 몰개는 파도이며, 관태는 乾太를 싸리나무로 한 쾌씩 꿰는 일로서 모두 강원도 해변가에서 쓰이는 말임.

낮 선운사

수년 전 오봉산 청평사 갔다가
거기서 살고 싶더니 이상하게
작년에 충청도 마곡사를 갔다가
아무것도 모르고 그냥 따라갔다가
아 마냥 거기서 살고 싶어지더니
오늘 고창 선운사라는 곳에 와서
밤새도록 개구리가 우는 곳
그 도솔산을 장사송 안개 속을
끝없는 길이려니 들어갔더니
이런 내 항심없는 마음 보게나
선운사 살고 싶어지는구나
금방 선운사 바람처럼, 새 여자처럼
안개방울맨키로 마음이 변해가지고
조강지처를 잊고 바람이 되는데
내일은 또 어느 산 어느 길을 가서
마음 변해 살고 싶어할거나
애간절하게 애간절하게 할거나

선운사 나무 좋아 선운사 물 좋아
나 내일을 넘보지 않을 것이다
선운사, 선운사. 꿈만 취해 내려오는
지난 봄 다시 돌아오고 있겠지

절망 않는 시인들

시인들은 새로운 것을 찾으려 하지만
세상은 낡아서 새로운 것이 없다
새로 태어나는 아이의 마음을 찾을까
돋아나는 고목의 움을 노래할까
맑은 물이 굽이 돌아 흐르던 산기슭도
우리들 마음을 구해주지 못하고
공장의 검은 구름이 봉우리를 넘어와
비를 뿌리고 눈을 뿌리는 세상
생명의 근원에서 들리는 노래를 감히
누가 우리에게 들려줄 수 있겠는가
인간의 발길이 닿지 않는 인간의 생각이
다다르지 못한 먼 곳으로부터 오던
그 모든 봄과 겨울의 바람조차 끝나고
죽음의 불길만이 이 깊은 세상에
파멸의 더러운 손길을 뻗치고 있어라
그럼에도 시인들은 새로운 것을 찾고
더 높은 풍자의 기술이 필요하듯

시의 어머니는 병들고 있을 뿐이다
아니면, 우리는 결코 절망 않는 시인들.

합 정 동

클리닉 검사하는 날인가 보다
어머니도 아니고 더욱이나
할머니 같지도 않은 여자가
지 애비 닮아서 눈이 왕방울만한 아이를
인형처럼 안고 앉아서
서울역으로 가는 버스에 흔들린다
바람이 씨잉씽 연필 길이만한
129번 버스 안테나를 흔들고 지나가는데
여자는 아이를 보듬었음에도
자꾸만 자꾸만 한강 서쪽을 내다본다
거기는 흘러가는 물이 있을 뿐
떳떳하지 못한 아이가 부끄러운가
다리가 곧게 뻗은 미스가 날 쳐다보더니
살짝 아기 뺨과 머리를 만진다
그녀는 에미가 버린 저 아이를 모르리
합정동 남서울호텔 밑에서 내린 보모는
뒤에서 천천히 눈치를 보며 걸어오더니

홀트 쪽으로 휑 건너갔다
겨울은 오는데 이마가 훌렁 까진 눈이
왕방울만한 우유먹이 아이야
오늘은 1990년 늦가을 아침이며
너의 유아기는 지금 남한의 서울이며
버스는 홍대 쪽 언덕으로 넘어가고
너는 어떤 여자의 팔에 안겨 있었단다

외로움을 향해

뱃속에서 개구리가 개굴개굴 운다
개굴개굴거린다 뱃속에서
나는 비 오는 길 끝을 본다
멀지 않은 산속을 본다 개굴개굴
끊임없이 울어대는 뱃속의 개구리
울음소리를 들으면서 나는
남으로 뻗은 먼 길을 내다본다
비 오는 산속 나뭇길 쏟아져
잎가지 내려오는 물살 센 계곡물
소리를 콸콸 들으면서 지금
그 길을 가로막은 찻길에서 바라본다
나보다 오늘 나보다 먼저 가는 나
모든 말을 버리고 갈 그대여
모든 빗방울이 해변가로 이어져
폭포로도 들로도 이어진 그
물길을 나는 조용히 보고 섰다
언제가는 그 외로움의 길로 들어설 것을

뱃속에서 개구리가 운다
개굴개굴 비 오는 뱃속에서 개굴개굴
아 나의 이 퉁퉁 불은 배여
외로움을 향해 비 오는 산을 본다

해변의 나비

어떻게 넘을래
저 높은 설악산을

비구름이 있을지
새가 있을지

흰나비야
너는 왜 산맥을 향하냐

미풍을 만날지
꽃을 만날지

저 험한 설악산
어떻게 넘을래

제 4 부

春　雪

나는 한강가 어느 3층에서 살았다
잘못 찾아온 사람처럼 늦눈 휘날리는데
강원도 고한 삼척탄좌 독신자아파트에서
식모로 사는 쩽엄마의 말을 떠올렸다
광산쟁이 돈은 봄눈 같다고요
나는 3층에서 눈을 창 밖으로 보며
바다에 내리는 대폭설의 눈도 결국은
이 춘설과 다를 것이 없지 않느냐고
혼자 고한 부인에게 하듯이 말했다

우습게 작년에 만든 시집이 앞에 꽂혀 있다
한국현대대표시선이 그것인데
그 속에 든 정지용의 38년도 작
「春雪」을 떠올리며 생판 다른 나라가 아닌
이곳에 또 내가 사는구나 싶었다
…… 고한 광산 마을아

나는 옥계 바닷가 효경탄광에서
서울 암사동 지하철공사장으로 와 일하는
시인 최승익의 얼굴을 더듬는다
무엇이 얼굴에 닿는 것을 아는지
얼굴을 쓱 목장갑으로 닦는 그는
눈이 내리는지 비가 오는지 모르고
갱 속에 탄을 캐며 밤낮을 살던 그
그러나 나는 너의 돈이 노동이
옷을 흠뻑 적시는 가랑비라고 쓴다

아　이

강아지풀 줄기를 쭉 잡아뽑아서 버들붕어와 벼를 먹어 파란 논메뚜기의 아가미에 꿰었다. 들판이 빼근해서 날이 지니 야, 친구 이젠 들어가라 그만 해도 막무가내. 들, 산, 개울, 연못. 짤록한 낚싯대를 들고 주머니엔 보망칼과 돌에 감은 경심과 딱지. 개미, 나비, 잠자리, 벌 끝도 없이 잡고 종일 놀고 와도 할머니는 꾹꾹 눌러 밥을 주셨다. 그걸 먹고 아, 초저녁에 일찍 나가자빠진다. 백리를 갔다 온 육신처럼 벌렁. 내 새끼 저 별 좀 보고 자지 하면 아야, 딱. 꿈꿔요. 잡아라아! 닭. 이랬다. 슬그머니 반바지 가랑이로 장작손을 넣어 내 잠지 껍질을 살 만지는 것 나 모를 줄 알고. 아인 실눈을 뜨고 엥 돌아 누웠다. 할머니는 허리를 덮어주고, 우신다.

행주다리 와서

가고 싶었던 행주다리에 왔다
와서 걸으니 건너니 이번엔
성산대교가 아련히 서울 속에 있어
거기가 궁금해 가고 싶다
이걸 내 사랑이고 내 본성이라 하자
말이 좀 다르면 어때
그러니까 세월은 흐른 거야
옛날 세속 사진리서 클 때
연탄집게만한 다리로 살 적에
내 울타리 셈인 설악을 보면서
어른들이 되고 싶었던 날과
행주대교 와서 걷는 오늘이 아주 유사해라
살아 있는 날까지 내 맘 그래라 부디
나는 성산대교 행주다리
그 사이의 거리만한 두 곳에 살아가겠다

오늘 창경원에

옛 창경원 담이 간다
시간이 가고 있다면 오고 있다면
어제 있던 내일 있을
발이 없는 것들은 제자리에 서 있다
십수 년 전 녹음 속에서
아이스크림을 들고 걸었던
오빠도 누이도 고모도 언니도
지나가는 시간들을 보지 못했다
함께 밤을 보내고
아이들을 데리고 오후 차로 떠났다
이별이라고 여기지 않으면서
큰 아이들을 다시 만났다
녹음이 담 안에 짙어질 때
우리가 웃은 건강한 웃음은 없다
우리는 그곳에 한 사람도 있지 않다
택시들은 삼선교 쪽으로 가고
다른 곳에서 살아간다 그곳에 있지 않다

보현봉의 어둠이 서 있는 창경원
커다란 헤드라이트가
둥근 원을 그리며 우리를 덤비다 가버렸다
옛 창경원 담이 간다 어둠 속으로
발이 없는 것들은 서 있다
우두커니 발 있는 것들을 본다
헤어지고 떠나는 것들을 본다
환한 거리에 불빛의 울림들만
왼켠 큰길로 쏠려나가는 빈 자리에는
잃은 것을 찾도록 하는
저녁다운 시간만이 멈추었다
가까이서 네 숨소리 들을 수 있도록

광주이발관

구레나룻힘이 부대끼면 광주이발관을 찾아간다.
말가죽에 피대를 쳐서 밀어주는 면돗날이
나는 어찌나 아픈지 정신이 번쩍하고 난다.
예순둘이라는 강대인씨는 이 용강동 바닥에서
30년을 넘게 이 이발관을 경영해왔는데
스스로 용강동의 대통령이라고 떠드는 말도
사실인지는 모르지만 사실로 믿어주면서
내 쇠약하여진 구레나룻을 밀어달라고 간다.
그러면 무슨 좁스럽고 말도 말도 그리 많은지
다 들어주고 나면 자기가 유행시켰다는
뽀삐가다며 맘보가다며 자기 머리 좋기를
따라올 사람이 서울에는 없다는 둥
이 용강동이 인천에서 오는 젓배 소금배로
하루 저녁이 뜸할 날 없었다고 늘어놓으면서
이빨 썩은 추악한 냄새를 얼굴에 풍기면서
몽둥이가 이 골목에서 안 날던 날이 없었다고
연탄가스 낀 듯한 색경 밖에서 떠든다.

그 선창 깡패들 자기 말 한마디로 다스렸다니
마포 선창을 모른 내가 믿을 수밖에
작달막한 키에 10여년 전에 풍까지 앓았다는
이발쟁이 영감 강대인은 참으로 고향이
저 전라도하고도 도청소재지 광주란께
내 입 열개라도 당할 수가 없을 것이나
나 그 사람 보고 싶어 구레나룻힘 떨어졌다
되도 않는 핑계대고 찾아가는 광주이발관이다.
허름하고 고향 부엌만 같은 용강동 뒷골목
개숫물내 나는 광주이발관 강대인씨 집
오늘도 거기 가서 오만상 찡그리고 왔다.

신이 있었음직한 道峰

의정부로 가다 보는 너는
정말 신이 있었음직한 곳이다.
신이 없는 서울의 북쪽에
언젠가는 그들이
보이는 그들이 살았을 것이다.
녹음 우거진 하늘 구름 닿은 곳
내려다보이는 시내 바닷가
택시에 앉아서도 사람이 되었다.
산은 낮고 길이 높은 듯
산은 흙과 나무만이 아니라
바라보니 달리며 내다보니 그렇다,
주택도 육교도 길보다 낮아 보인다.
구름보다 흰 바위가
지붕 위에 산 녹음 위에
더도 덜도 않게 솟은 바위 꿈이
사실은 도봉의 옛 꿈이었어라.
서울로 살러 간 남산의 꿈이어라.

아 뛰어가 동네로 뛰어들어가
너를 내 품에 안고 싶지만,
그대를 보고 싶은 사랑이 더 커라.
하얀 바위 기울어 솟은 바위
야망도 아니고 시민성도 아니다.
보거라, 녹음과 구름이 일치된 저 바위들을
한강과 관청과 공장이 멀어진
그들이 멀어진 저 도봉을
아이들과 어른들이 사랑치 않겠는가.
맑게 조용히 열려 있는 산
어디로 열린지는 알 수 없는 산
그러나 신이 살았을 도봉.
그제도 어제도 서울을 앞서 온 여름이어라.

강화도 쪽

아름답다 한강은
해가 지는 성산대교 바다 쪽은
어쩌다 달포에 술을 않고
서소문로 62번 좌석에 몸을 실어
연대 지나 마포구청을 지나서
한강으로 진입할 때는
시원하게 내달릴 때는
가로막힌 시야에서 창밖으로
멀리 다도해 같은 강화 쪽을 내다보니
가슴이 물들 듯 붉어온다
사람 틈바구니에 비집고 서지 않아
해 떨어지는 서해 하늘은
나를 원시하게 문을 열고
한 권 책에 가득한 글자를 쫓아내
이글거리는 물불빛에 눈이 부시다
여기 와서 바다와 같이 흘러가는
성산대교 순식간에 건너갈 때

오만 가지 십만 가지 생각이
무중력 상태로 지나간다, 떠간다
호 한숨을 토해내며
옷가슴에 연기 넣는 긴 하루를
내일 아침까지 한구석에 접어둔 채
나는 날아간다 강 위로
멍 보고서만 건너는 짧은 영원의
나여 저기를 보느냐
이른 저녁 한강은
긴 여행 끝에 다다른 꿈과 같다.

정선 산천

정선 쇠막재를 넘기 전
버스 차창으로 내다본 연초록 산천
힘차게 흘러 내려간다
연초록물 산천은 소년 소녀다
좀더 큰 하천으로 가면서
아주 큰 강으로 들어가면서
스스로 무엇인가를 씻어 더러워지고,
진정한 까닭도 없이
더러운 강물에 합류되면서
작은 선행도 하지 못하고
썩은 물이 되고 마는 아이들
정선 아이들은 그래도 즐겁게 흐른다
그들이 없이는 노래도 없을 땅
상원사 위 좌통수도 우통수도
더럽혀진 이 나라의 물이니
연초록 춤의 어린 물들이여
그대들은 어디서 돌아오는 것이냐

내 핏속에 그대들 생령이 흐르느냐
물살까지 일으키며 흐르는
눈시울이 아파오는 정선 산천 속
가아마득한 산골 사랑이여
그대들은 생명의 끝이어라.

* 좌통수·우통수는 한강 수원지임.

월정사 密語

뜻을 알아들을 수 없는 소리가
저 월정사 쪽에서 내려온다 하얗게
비밀을 다 알 수 없는 산의 모든
뿌리들과도 손을 잡고 있는 소리다
하늘로 어떤 경계로 돌 속으로까지

잎이라든가 공기라든가 하는 것으로
이어졌거나 열려 드나드는 것들
아무 불편과 차별이 없는 가녀린 것들
그런 것들의 소리가 분명 아련한데
가슴도 처지도 옛 사랑과 다르다
그들의 발소리에서부터 이미 다르다

물은 달을 받으며 순전한 사랑을
장난하고 가는 것 같지도 않으며
더러 병들었거나 죽은 친구를 데리고
산골을 내려가는 것이 아니냐

어머니의 바다, 아프지만 짠 세상으로
노래를 치료하러 내려가는 게 아니라면

꿈은 다시 돌아오고 싶지 않아라
나도 뒤섞여서 흘러가구나 하고
앎도 즐거움도 가지고 싶지 않으니
자연의 피와 고름과 주검을 우리끼리
감히 말로라도 할 수 있는 것이리
월정사 물소리가 작은 귀에 들린다.

서울에 남아서

객실과 타이어가 미어지고 터질 듯
며칠 밤낮을 고향으로 가고
나는 추석에 서울에 남아서
벗도 없는 동네에서 명절을 보낸다.
터지고 싸우다도 집으로들 가면
대추며 전이며, 술이며 친구며 고향이겠다.
헌 가마닛장처럼 세상 널렸어도
싸늘한 추석 햇살이 얼룩진
공장 담벼락에 어른거리는 이 서울 아침은
내겐 벌써 발등이 시린 겨울만 같다.
멀리 도봉산을 뒤에 둔 금색 빌딩에
아무도 썩은 강은 살피지 않는다.
집 굴뚝에 말소리가 들리고
뜨거운 탕이 오른 아침상이 친구야
김 오르고 기름진 햅밥상이라면
고향 아니라 서울도 미움 없는 추석일 터다.
내 몸은 하복을 벗어 춘추복을 입고

고향에서 올라온 사과라도 살까.
시골서 올라온 포라도 넣어야 하나.
그 걸인의 마음을 오가던 나는
그러나 터미널행 전철에 몸을 실었다.
지하철아 서울이 얼마나 깜깜하냐.
쌀쌀하니 해가 따신 바닷가 추석으로
차창에 얼굴을 비추며 나는 비추며 간다.

북 한 산

저 산에 나의 무엇이 걸려 있다.

지난 10년간 지내던
검고 푸르며 어둡고 밝은, 높고 가깝고 힘찬
내부에서 조금씩 상해가는 나의 무엇
새힘 새싹 새움 새살을 키우기 위하여
나의 주검과 삶의 도구들이 너를 바라본다
산이여 ! 산이여 !

나는 늙고 싶지 않다, 나는 병들고 싶지 않다
한줌의 흙이 이토록 살아서
바위와 나무들이 저토록 위대하다
흔들리는 수많은 잎의 나라
한 그루의 높은 나무가 하나의 움인 듯이
꿈의 실제인 듯이

저 산에 나의 무엇이 달려 있다

살아가게 해주는 무엇
오늘, 한줌의 풀도 아닌 말 하나가
저 산정에서 굴러떨어지는구나
어느날에도 돌아다니는
다른 나를 내려다보면서 주검을 하나의 말로
안아줄 산
꼬옥 끼이도록, 가슴에 안아주는 산……

너에게 갈 수 없는
죽어서 가게 되는 산, 그것은 하나의 말이리라

이 시인의 廢井

지리산 노고단 밑에 하사리
거기 작은 우물이 있었고
소년은 그 우물물을 먹고 자랐다
그러나 1991년 2월 어느날
찾아간 우물은 누렁우물이었다
어린 시절에는 가슴을 받치고
넘어다본 둥근 우물벽이 이제는
쓰렁해진 무르팍에 걸리면서
거기는 한 꿈 많은 소년의
갸름한 얼굴도 보이지 않고
꼭뒤 숨던 달도 비치지 않는다
물풀잎도 개구리도 웃음도 없고
두레박이 퉁퉁 부딪치며 올라오던
무서운 빨치산 밤도 없었다
거기에는 남도의 시름을 말하듯
흙과 나뭇가지와 기왓장 조각
녹슨 양철과 책이 쌓여 있었다

이제 방치 말고 묻어달라
폐정의 쓰레기장이 되어 있는
서울을 사는 이 시인의 우물은
다시 움을 피우려는 감나무
꿈꾸는 우듬지만 하늘을 더듬으며
내 먼 고향의 슬픔과 만나니
하마 우리 꿈은 어디에 있는가
우리는 어디로 떠도는가

갈매기를 부르며

내 육신의 고향에서 왔던 것일까
빗속을 날아가는 그대 뒷모습
서럽게도 나는 너를 바라보노니
내 눈 애타게도 너를 쫓아갔나니
목이 막혀 숨이 막혀 가슴이 막혀
쏟아지는 한강의 거센 빗발은
옛사랑의 머리칼에 스미는 듯
삐익삐익 휘둘러보지만
아무래도 추억은 떠오르지 않고
한 몸 내려 앉을 허공이 없다
우리는 어디에서 살았던가
저승같이 먼 그 바다를 돌아오기 전
참으로 한 영혼이 두 몸으로 살았던가
저물은 서울 밤하늘을 훠얼훨
어둠 속으로 사라지는 꿈이여
이 비를 벗어나면 금빛 황혼이려니
쌍무지개 걸린 강바다이려니

나를 성산다리 지나는 형광등불 켠
비좁은 버스에 외로이 남겨두고
그대 바람인가 꿈인가 묻히고 마네
후우후우 뿜어대는 빗속을
그럼, 우리 또 헤어지고 만 것인가
갈매기를 부르며 다리를 건넌다

제 5 부

새재 여인

새재 넘자 몸뻬이 입고
늦가슬의 찬바람 맞으면서
긴 들밭 흙뿌리덩이
곰방메로 부수는 새재 여인 봤네

해는 새재 걸리고
곰방메는 긴 밭머리를 따라온다
보이지 않는 그녀 수건 쓴 얼굴
희망은 누가 행복은 누가
키 큰 새재 여인아

지금도 씨앗을 뿌린다
거둔 알곡이 행복도 희망도 못됐지만
살아 있는 씨앗은 뿌릴란다

이 땅의 슬픔과
사람의 기쁨을 노래하는 사람들

내려가는 청송 늦가슬은
몸뻬이 새재 여인 들 어둠에 묻어둔다

저물어 주왕산 별 보일 때
새재 어디 물 지나는 마당귀로 똘똘
곰방메 들고 들어서려니

서울 바람 몰려가 입김으로 불러보는
새재야 새재야
어쩌자고 날 생각하냐 허겠지
한마디 말 받도 못한 여인은

추 전 역

무엇이 울고 온다 추전역을 넘는다
가까운 하늘 모두가 잠든 광산 너머
꿈들 죽어가는 산을 넘는다
코스모스도 산국도 바람도
보이지 않는 추전역을 누가
사방에서 울며 온다

물소리에 또로롱 또로롱
마음고생하며 가누나, 거리 환한 바닥
저 아래 제천 원주 가는 길
지상에서 두 레일만 밤새워 빛난다
까닭을 알 수 없이
이곳을 넘으면 가족이 보일 듯

아무도 타지 않는다, 내리지 않는다
태백을 지나 어둠으로 가는 길
아, 이곳에 서럽고도 높은 사랑이 있었다

하지만 그 사랑을 누가 말하리
멀리 울고 있는 적막의 불빛아

추전역 찬바람을 길러서
부서진 함백산 영 너머로 갔는가
칠흑 같은 산들 사방에 치솟아
마음이 못 가는 산역의 가을
빗물에 썩은 상점 문지방
한 설움의 옷자락조차 보이지 않고
역무원만 붉은 기를 흔들었다

* 추전역은 태백과 고한 사이에 있으며 남한에서는 가장 높은 곳에 위치한 역임.

일주문 밑에

강원도 속초 뒤 설악산에
있는 신흥사 일주문에는
잘난 아들 강릉교도소에 보내고
둔전 마을 어머니가 옥시기를 판다.
베보자기를 덮고 더운 다라 속의 옥시기를
얼굴이 주먹만한 어머니는
내 어머니는 아니라 아니라.
옥시기 사요 옥시기 사시오
오색을 떠나 뻘뻘 청봉을 넘어오는 저녁 사람들
사진사 등산객 승려 학생들
얼굴마다 올려 쳐다보는 어머니
저 여자 아들은 강릉교도소에 있고
그 어머니는 저편
권금성으로 올라가는 케이블카 건물 밑
노송 곁에도, 설악산 석양을 받으며 떡을 판다.
헐레벌떡 뛰어온 어머니는
송글송글 맺힌 땀을 닦고 앉아 소리친다.

옥시기 좀 사시오 저, 옥시기 사시오
막 쪄온 찰옥시깁니더.
잘난 아들 감옥에 두고
어머니는 옥시기를 파시며 지쳐가신다.
돌처럼 늙어가신다.
혼잡한 발길에 채일 듯
산 높고 사람 많은 설악산
단청 짙은 신흥사 일주문 밑에서.

어 선

여름이었다. 마을 앞에 어선 한 척이 와 있었다.

깨어지고 삭고 썩는 어패류들 냄새가 나는 모래톱 앞에

깨끗이 도색된 어선 한 척이

마을 앞에 와서 꺼질 듯 말 듯한 소리로 통. 통. 통. 하면서

새파란 바다 위에 떠 있는지 모르겠다.

왜 먼 바다로 나가서 완전히 뭍에서 사라지지 못하고 그러는지

철없는 아이들은 바닷가에 나와 소리치며 어부들이 묶어놓은 돌을 던진다.

돌은 잔 파도 뒤에나 가서 떨어질 뿐

소리가 들리지 않는다, 순식간에 너른 바다가 마셔버린다.

사람의 그림자도 없는 배는 계속 통. 통. 통. 하면서 흔들릴 뿐

지금도 이상한 어선의 말을 알 수가 없다.

마을의 역사도 죽음도 아이들 자신이 왜 있는지도 모르면서

아이들은 하얀 페인트 칠 된 선체와 작은 기관실 문을 보곤 하였다.

잴 수 없는 그 거리의 바닷가 모래톱에 나와 서서.

버스에서 자는 어머니

흰 양말에 남자 고무신을 신었다.
통치마 아래 반들거리는 정강이
항포돛색 보자기로 네 귀를 묶고
풀다라를 안고 졸고 있었다.
엷은 구름에 바다는 훤한 새벽
불켜고 버스는 북쪽으로 간다.
자식들의 늦은 등교 찻간에서
나는 동해안 어머니를 자주 보게 된다.
옆구리에 혹마냥 불거진
흔들리는 어머니의 젖가슴을 보고
나는 해송 달아나는 밖으로 고개를 돌린다.
관광 여름 한철을 따라서
어머니는 주문진으로 나가시는가 보다.
언덕바지나 동구에 빽 설 때마다
찰싹찰싹 어린 파도 소리 들린다.
저러고 눈만 감은 어머니를
나는 바람결에 알고 있다,

어머니는 해변가 여자가 아닌가.
그러나 지금 조으는 6척 어머니
짚또아리 드신 장사 같은 어머니는
아무 표정도 없이 자고 계신다.
더 위로 위로 오늘은 가시나 보다.

오리 무중

등대가 울 때는
마치 등대가 길을 찾는 것 같다
안개가 자욱이 부엌과 변소를 먹고
언덕 전주도 잠종비적했을 때
버스는 간성으로 잘 가는가 불을 켜고
고개를 도는지
차라리 비라도 되어 쏟아졌으면
우리들 마음은 그러지
지척이 뚫리지 않아서 사라지면 있지를 않으니
이웃은 악상을 당하는가
이 길로 들어가면
수십 년 있어온 판장 가는 골목길
영천이 집 문도 열려 있을 것인지 우리는
의심이 드는 것이다
영화 프로가 잘 안 보이도록
수복지구 안개는 오늘도
작은 모든 관공서를 가리고 한낮에도

각자 그 속에서 불을 켜 달고,

그럴 때 마을은
울고 우는 등대 하나만 존재하는 것 같고
바다도 산도
남도 북도 없는 것 같았다
이웃들은 박봉의 직장과 축항으로 나가고 우리는
제비떼처럼 철길을 따라
작은 물방울에 얼굴 젖어 온통
돌아오곤 하였다 누군 삽을 들고 누군 리어카를 끌고
그 안개 얼마나 멀리까지 에워쌌는지
그때는 알지 못하고
화급하고도 하품나게 울어대는
등대 고통 소리에
귀가 멍멍해서 들앉아 있었다
앞바다 무쩍 쏟아지는 녹슨 햇살에
뚫리며 더위가 되려는 안개 안개
자욱이 올라온 마당을 내다보며

귀에지 考

간지러운 귀,
그의 말은 山水音 같지.
자기 무릎에 내 머리를 눕히고
피이 브이 시이
파리똥이 묻은 주렴 뒤에
새벽부터 열세 시간 세우가 내리니
부름켜가 가득히 세상 아득하다.
강냉이 껍질 같은 귀에지를 파내주던 당나귀 귀
아버지 귀청도 눅눅했으리.
지금 가 있는 그곳 솔밭 모래산
한길 발 밑에 마른 한지 됐으리니
어머님의 서른여섯 그 初夏로다.
하관이 긴 여인 자분치를 건들며
검정 머리핀 살살 굴리면
눈감아도 내 웃는 줄 다 안다.
아내 다리를 베고
일은 다 된 거지,

드르렁드르렁
혼은 파리 하나로 날아다닐 콧숨만
가슴섶을 흔든다.
비가 오시라 비만 오면, 실컷 자겠다던
건조업자 가물가물 가고 있는 애비 속눈썹
금실도 사업도 놓치고 마는 일을
그렇게 맥없이 가버리시니
아이와 다름없네.
탄불을 넣은 여름철 추위에
아내야 건드는 그곳이 말이다
너무 멀구나.
간혹 성냥개비 머리로
조심조심 긁어대던 태고적 어린 내외
세상에 우리 둘만 자리를 떴구나.
간지러운 귀,
그의 말은 산수음 같지.
어느 가을의 어느 냉면옥

모밀 껍질을 사금사금 깨물던 아내의 어금니 잠을 씹듯

아낸 옛날에 뭐라고 뭐라고 했는데

죽은 파리 하나를 어르더니

끄덕끄덕 혼자 조을다가

간 곳 없이 스러지고 말았다.

아주 양순한, 아주 옛날 옛날

이동녀와 오해숙이, 어머니와 아내.

가야에 살구나

원폭 피해자인 김필례를 찾아서
폭서가 죽은 합천에서 가야를 갔다
늦은 길에는 전깃불이 들어와서
고기 한 근과 사이다를 사가지고
불이 꺼진 아침을 찾아서 갔더니
할머니는 국화꽃대를 묶어놓으시고
일찌거니도 절에를 가셨다 하신다.

울산 동해에서 옴직한 이른 햇살이
똑바로 계곡을 들어가고 있었다.
역사가 끝나는 여름 산문 가까이
키가 훤칠한 미인송들을 바라볼수록
시원시원 선 가을의 가야 여인들,
그네들을 향해 머다라니 묻는 말은
당신들은 어떤 사랑으로 살았을까?

비파행 書

열세살에 비파를 배워
교방에 앵무새로 살 적에
귀공자들 시샘 앞에서
홍겨워 은비녀 비취개로
장단 치고 술 엎질러
비단치마 적셔도 봤던
심양을 온 사랑 잃은 여인
이름 알 수 없는 사람의
비파행을 듣는다

816년 그 저문 날
누가 가장 서러운가 봤더니
자신의 옷깃이 젖고
당신의 눈이 젖음을
오늘 비파행 옮겨 적으며
피 토하는 두견이와
슬피 우는 원숭이 되다

천년 전 여인과 시인이여

곡조도 그대들도 사라지고

비파행 시만 남았다

* 심양은 백거이가 좌천된 이듬해 가을에 비파음을 들은 곳이며, 아름다웠던 이 여인은, 아우는 수자리로 수양어미는 저승으로 보내고 늘그막에 장사치 아내가 되었다가 혼자 되었다. 백거이는 친구를 보내는 저녁 강머리에서 이 여인의 비파와 신세를 듣는다.

東　해

새벽까지 지난 십년을 이야기하다가
깜박 잠이 들다 눈을 번쩍 떠보니
나는 어머니의 셋방 미닫이 밑에 와서
쓰러졌고 옛날에 그리도 보고 싶었던
부상의 모습을 동해 해가 가지를 쳤다
술과 잠에 취하여 부신 눈으로 보니
아아 저것은 혼과 눈부처의 모습이다
동쪽 해 뜨는 곳에 있다는 그 생각이
틀림이 없는 환한 햇살의 가지인데
아름답고 신비해서 보고 있을 뿐이다
더 자라고 저 닳은 구두를 정히 들고
작은 봉당을 이슬처럼 뿌리고 쓰시는
어머님 등 굽은 해그림자 짙고 선해라
너무나도 어룽거려 나 아침술 하고 싶게
세월이 꿈결 같지만은 아니하였어라

우주 속 미국

아버지가 어렸을 때
바다 위 하늘벽에 붙어 떠가던
그 나라의 분신을 보았단다
지구를 내려다보는 불빛이었지
선주네 망선배를 기다리다가
초소 앞 바람 부는 둑 밑에서
관자놀이가 툭, 툭 뛰었단다
전깃불 속에 앉아 있는 사람을
철없이 따라가고 싶었지
윗동네 머구리 아저씨가 입는
유리쇠가 붙은 옷을 입었다는데
그로부터 무지한 대륙은
지상의 낙원이요 풍요한 세계요
강대한 국가가 되었단다
바람에 살랑살랑 실리어가는 듯
그것은 북쪽으로 날아갔단다
땅거미가 동네에 들어설 때

철썩이는 바닷가에 앉아 있었던
우리 두 가슴은 작았지
저녁 설악산 위에 찾아오는
황혼의 개밥바리별과는 달랐단다
지구 뒤켠에서 온 그 불빛은
한 대의 커다란 카메라처럼
우리가 갈 수 없는 먼 나라를
다시 달이 뜨는 자정에
사진을 찍으며 간다고 여겼지
그들은 무엇을 담아 갔겠니
햇살에 숨지 못한 뜻 하나가
제국의 거대한 깃폭의
한 별인 것을 모른 채
고향과 아빠는 쓸쓸해하였단다
세계 수많은 마을 중에서
동해 상공을 지나가는
이십수년 전 그 불켠 위성은

북쪽 하늘의 별들 속으로 사라져
그만 보이지 않았단다.

함 흥

하루의 일과를 마치고, 해는 졌다
긴 산그림자 바다에 떨어져 덮였고
마을은 방죽 논과 이제 조용하다
풀벌레 울고, 점점 가까워지는 개구리 울음 소리만이
별 돋는 함흥 하늘 가득하니 들려온다
어디서 소년들의 남녀합창단 가창 소리가
끊어졌다가 들렸다가 한다
하루 일과로 끝난 바다는 고요하고
민위집 영이집 떨거덕이는 수저 소리
항구둑에도 창불들이 하나둘 꺼져간다
초저녁 마지막 차가 시내로 들어가고
지금은 합창단 노랫소리도 들리지 않는다
길가에 핀 해바라기 서너 대가
길 밑 논 건너 수수밭을 두런대는 바람에 흔들리고
전깃줄에 앉은 배때기 하얀 제비떼들이
가슴팍 칼처럼 찢어진 꽁지날개 펴면서
다시 퍼득 날아 처마 밑에 깃들인다

내일 눈부신 아침, 조가비 빛깔의 빛남을 간직한
앞바다의 하얀 섬들도 이 시각쯤 해
평화로운 어둠 속에 갇혀들기 시작했다
그리고 조용조용 온 마을이 생각하는 것은
시커먼 산이 서쪽에 올라 솟은 함흥——
미래가 아니면 과거 속에서
아주 남으로 향해 떠난 화물차의 기적이 부웅
뱃고동처럼 울릴 것만 같았다.

마지막 전철

마지막 전철을 탔단다
강을 건너고 졸며 눈을 떴단다
동대문에서 을지 지하의
물결 같은 고속을 안단다

그때 문득 생각했단다
빠져나온 마지막 전철이라고
지상에는 차를 잡고 차를 기다리는
사람들이 서성이고
우리가 서울에 산 십년간
그 텅 빈 지하의 유령을 생각하면
비로소 거기서 멈춘단다
아쉽고 아름다워 마지막 전철은
과거, 마지막 전철이다
컴컴한 가로수 잎을 올려다보며
가족을 생각했단다

거기 누가 왔는지 바람이 불더라
그러나 이곳에 누가 없단다
한 부분이 지워진 이 넓은 오늘
마지막 전철은 사라졌단다.

■ 발 문

고형렬 시인에게 보내는 私信

김 사 인

고형렬형, 약속대로 발문은 밀어두고 편지나 한 장 쓸랍니다.

거두절미하고, 「사랑」을 읽으며 나는 가장 긴장했습니다. 「사진리 대설」과 「추억의 갈매기」에서 가슴이 서늘했고, 「금천탕의 옥동들」과 「광주이발관」을 보고는 나도 "말가죽에 피대를 쳐서 밀어주는 면돗날"에 면도해보고 싶어 마음이 달떴더랬습니다. 나도 그 한강 옆 금천탕 은근슬쩍 목욕 한번 가, 고형의 선량한 눈이 훌려서 쳐다봤을 사내아이들 예쁜 아랫배 보고 싶어 안달났었습니다. 「감자술을 놓고」와 「귀에지 고(考)」 앞에서 나는 문득 육칠백살은 산 사람인 듯싶게 마음 아득해졌습니다. 「청계6가」와 「오늘 창경원에」에서 통증에 가까운 다소의 현기증이 왔으나 참아보려 애썼고, 「갈매기를 부르며」를 읽으며 쓸쓸했습니다. 「버스에서 자는 어머니」와 「일주문 밑에」에 이르러, 옆구리에 혹마냥 불거져 흔들리는, 자는 어머니의 젖가슴이며, 아들 감옥에 두고 '옥시기'를 팔며 지쳐가는 어머니들의 모습이 도무지 남의 얘기 같지 않아

마음 심란했습니다. 고형의 가계사와 관련된다 싶은 「신활리 눈」과 「아이」를 읽고 나서는, 꼭 편지를 한 장 써야 내 마음이 편할 듯싶었습니다. 그밖의 시들 얘기는 뒷날의 술안주로 아껴둘 텝니다.

이상이 내 졸렬한 독후감입니다.

고형의 첫시집 『대청봉 수박밭』(1985)은, 통일 이후의 정황을 상정하여 씌어진 「백두산 안 간다」라는 '당돌한' 시와 「백거이(白居易) 선생님께」라는 그윽한 시가 함께 실려 있어 아직도 내게 강렬한 인상으로 남아 있습니다. 그 시집을 처음 읽을 무렵만 해도 고형의 등단작이 「장자(莊子)」인 줄은 몰랐지요. 이 백거이와 장자는, 숨이 턱끝에 차도록 싸우지 않으면 안되었던 80년대의 어느 눈으로 보면 팔자 좋은 백일몽일 수도 있겠지만, 고형 시의 정신적 고향으로서는 깊고 아름다운 지점이라고 나는 생각합니다.

> 중국과 반도가 눈으로 뒤덮일 때, 마을과 솔밭과 전답이 컴컴한 대낮 어디쯤으로
> 당신을 지기마냥 지적지적거리며
> 찾고 싶었습니다. 눈빗물이 지는 높은 처마 밑에서,
> 아니면 저녁에 만나고자 하였습니다.
> 이 금년에 떠났으니 천백 년 좀 지나면 그곳에 가겠지요.

「백거이 선생님께」의 중간 한 대목을 옮겨본 것입니다만, 천 년의 시공을 무심하게 넘나드는 이 시는 가히 '장

자적'이라 함직한 유장함과 광활함으로 서늘합니다. 고형의 이 부류의 시들은 작은 땅에서 욕된 육신의 삶을 이어갈 수밖에 없는 현실을 아프게 수락한 위에서 이루어지고 있어, 유장할수록 더욱 슬픕니다. 따라서 고형의 시는 저노·장을 빙자한 음풍농월과는 애시당초 다른 것입니다.

고형에게 있어 장자나 백거이는 대(大)자유 대해방에의 열망, 큰 자유의 땅 무하유향(無何有鄕)·광막지야(廣莫之野)에서 삼라만상과 더불어 소요하는 참다운 삶에의 열망, 그런 그리움의 간절함이 불러낸 이름들일 것입니다. 아아, 모든 존재들이 가장 그것다울 수 있는 그 자리, 눈부신 그 자리를 일컬어 아름다움이라 불러 무방할 것이며, 그것이야말로 모든 진정한 예술들이 지향해온 이념일 터입니다.

그러나 그러한 아름다운 그리움은, 그것이 절실하면 할수록 저도 따라 더해지는 비천한 오늘의 삶, 딸린 식솔들과 망가진 이웃들과 치욕스런 생계 따위로 구성되는 부자유와 비참과 절망을 그 등짝으로 지고 다닙니다.

그렇지만 이 등짝을 몰각한 무하유향이란 신기루에 불과하다는 것, 동시에 아름다운 꿈을 잃은 부자유란 스스로의 부자유에 대한 감각마저도 상실하는 지옥이라는 것을 첫시집 무렵부터 이미 고형은 본능적으로 체득하고 있습니다. 그러니, 백거이와 한 시집 속에 「백두산 안 간다」가 있는 것이겠지요.

낮에 진남포에 나갔다가
제련소 뒷골목에 있는 이층 사진관에 올라가

증명사진 한 판 찍고,
걸어서 돌아오다가 혼자
중간에 마음이 좋아서
상점에서 술을 한 잔 했다.
여름은 훌쩍 갔지만, 아직
들판에는 아이들이 소를 먹이고 있다.

——「진남포의 하루」 부분

80년대에 통일시라는 것이 있었다고 한다면 마땅히 다섯 손가락 안에 들어야 한다고 믿는 이 시는 두번째 시집 『해청』(1987)에 포함되어 있습니다. 사실 통일, 해방, 노동, 자본, 이런 말들에 시적 육체성을 부여하는 데 우리 시는 아직 썩 성공적이지 못합니다. 강렬한 그리움 그 자체로 시를 이루고 있는 문익환 목사의 방북시나 박노해의 초기시 등 소수의 예를 제외하면 대체로 속류의 수준을 넘지 못했다는 것을 우리는 솔직히 시인해야 할 듯합니다. 육체가 없는 언어를 가지고 무슨 리얼리즘이 제대로 되겠습니까. 상황이 어쩔 수 없었다고는 하지만, 시인으로서의 고유한 직분에 소홀했던 점은 또 그것대로 문책되어 마땅합니다. 나 역시 그 책임의 한 모퉁이를 공유하는 것으로 삼류 시인의 체면이나마 지켜가볼 요량입니다.

나는 고형의 「진남포의 하루」와 「사리원길」을 감탄에 감탄을 거듭하며 읽었습니다. 이런 시를 쓸 수 있는 시인도 있었던가. 그러나 이 시들을 통일시니 무슨 시니 하고 딱지를 붙여 좁은 테두리에 가두는 것은 부당한 일일 것입니다. 이 시들에 내장된 위력의 연원이나 크기가 단순치 않기 때문입니다. 고형의 탁월한 실물적 상상력은 차치하고라도, 이러한 시를 가능케 하는 힘은, 천 년의 시공을 넘어 장자와 백거이를 찾아가게 했던 첫시집 이래의 바로 그 순정하고 먼 그리움인 것입니다. 고형의 시편들로 해서 통일에 대한 우리의 문학적 형상화 작업이 덜 초라할 수 있었던 것을 다시금 다행스러워합니다.

두번째 시집 이후 고형이 환경시니 반핵 장시니 할 때, 나는 솔직히 말해 시들도 읽기 전에 실망스러웠습니다. 노동시, 민중시, 통일시 하는 말들이 실은 모두 응급의 필요에서 나온, 다소간 민망스런 용어들 아닙니까? 한데, 그도 모자라 환경시, 반핵시라니. 천 년 상거의 백거이를 두고 "선생님, 산길마다 흐린 날 담 밑에서 바람에 휩싸여／가시가 든 눈을 부비지 마십시오／대명천지를 깨달을 때 혼자 벌판에서 외로운 법입니다"라고 쓰던 시인이 이 무슨 망신이란 말인가. 뭐 그런 생각이었던 것 같습니다. 시집의 내용물을 읽어본 후 나의 생각을 다소 수정했지만, 모든 진정한 시, 아름다운 시는 본질적으로 노동시·민중시이자 통일시이며, 나아가 환경시·반핵시인 것이라는 생각에는 변함없습니다.

그러나 이번의 시집을 보며, 밴댕이 속 같은 나는 다시 또 철없이 기뻐합니다. 그러면 그렇지, 우리 고형렬 시인은 여전히 건재하시지.

고형의 이번 시집은, 옹구리면 「사랑」 한 편의 독수리 눈 같은 광채로 모아져 사람을 손끝도 움직일 수 없게 하고, 펼치면 「금천탕의 옥동들」과 「광주이발관」이 되어 봄 기운 같은 따스함과 미소를 피워올립니다. 그리고 이러한 자재로움의 이면에 「신활리 눈」이 대표하는 가족사의 비통이 있습니다.

이 절벽 끝을 찾아와서 본 것은
바다가 내게 가르친 것은,
세찬 파랑을 찍는 갈매기 한 마리

알 밴 양미리를 입에 물고
고개를 숙이고 떠오르는 두 날개.
바닷물에 터진 알을 흘린다.
타악, 탁. 아프게도 공기를 때린다.

——「사랑」 후반

눌변인 듯 덜 닦여진 듯, 그러나 예리하기 이를 데 없는 이런 시를 「사랑」이라는 제목으로 꾸려내는 그 마음의 자리를 무엇이라 이름해야 할지 나는 모르겠습니다. 자세히 들여다보면 고형 시 속의 자연은 추호의 감상도 용납하지 않습니다. 시 속의 사람들 역시 일상의 사람들인 것만은 아닙니다. 비정인 것이지요. 그러한 비정 너머로 유추되는 고형의 분노와 좌절과 외로움은 너무 적나라하여 나 같은 책상물림이 감히 어림해보기 어렵습니다. 고형의 큰 눈은 얼마나 선하며 긴 속눈썹은 얼마나 비애스러운가요. 고형의 구레나룻은 얼마나 또 수줍게도 단정한가요.

고형은 사석에서도 좀처럼 속을 드러내지 않는 이입니다. 그것이 나는 낯가림도 의뭉함도 아니고, 실은 스스로도 자신을 어떻게 어디서부터 풀어 말해볼지 실마리를 못찾기 때문이라고 여깁니다. 고형은 시에 의탁해서야 간신히 숨을 돌려보는 것인데, 그때 그 행간에는 형언하기 어려운 기운이 어립니다.

> 호오, 누가 아직도 자지 않고
> 긴 담뱃대를 뼛골로만 앉아서
> 딴딴한 아랫배로 빨고 있는가
> 아비는 용두리 가묘 속에서
> 내 아들은 어디로 떠도는가 하고
> 어미는 이 마을에서 울었는가
> 바다가 들어찬 공동묘지니이다.
>
> ──「신활리 눈」 후반

고형은 삼대에 걸친 가족사의 비통의 일단을 이런 식으로밖엔 내비치지 못합니다. 시에서조차 고형은 그 비통 위에 맘놓고 퍼질러앉아 통곡하지 못하는 것입니다. 일상어법의 질서에서 묘하게 일탈해 있는 고형 시의 말투들, 또 그 독특한 정서들이 그와 무관하지 않을 것입니다. 고형의 시들은 때로 비맞은 중의 구시렁거림과도 같고 철없는 전위주의자들의 장난스런 해체처럼도 보입니다. 또 고형 시의 냄새는 마치 깊은 유부(幽府)에서 온 것처럼 퇴폐스런 감미로움, 삭막한 권태, 나른한 우울의 향기를 풍깁니다. 이러한 점들은 밝은 얘기를 하고 있는 듯이 보이는 시들에서도 예외가 아닙니다. 참 환장할 외로움, 마음 놓고 엄살도 떨지 못하는 외로움입니다.

고형의 시들이 예민하게 짚어 보여주는 자신과 가족과 이웃, 땅 위의 온갖 목숨들의 세세생생은 독특하게 아름답습니다. 생의 끝간 데를 한번은 보아버렸을 고형이 뭇목숨의 근원을 향해 보내는 연대의 몸짓이 바로 고형의 시인 것인데, 그러면 그것들 역시 자신의 깊은 비애를 열어 시인의 한쪽 손을 잡아줍니다. 눈물겨운 정경입니다.

나는 내 동년배의 시인 중에 그대가 있음을 자랑으로 알 터입니다. 고형 또한 자신에 대해 더 당당하시기 바랍니다. 고형이 백거이 선생께 보내는 편지에도 썼듯이 "부디, 이 찰나와 같은 봄에 영원한 생각을 놓치지 마십시오."

할 말 끝없는데 시간도 지면도 모자랍니다. 긴 말이 무슨 소용이겠습니까.

마지막으로 하나, 요설에의 유혹에는 떨어지지 마시기를.

후 기

우리들은 고요를 잃어버렸다. 나는 외로움을 잃어버렸다. 외로움을 잃어버림으로써 나는 나를 잃어버렸다. 우리 모두도 우리가 아닌 것 같다. 그런데 나 자신을 잃어버리다니! 그러고도 용하게 살아간다. 외로움의 집을 찾아가고 싶다. 한조각 빙심과 침묵하는 언어는 진정 이곳에 있을까? 8월말의 피서가 끝난 내 고향 바닷가의 물소리가, 소리없이 밤을 도와 내려서 거대 산협에 쌓이던 대설이, 10월 저녁 암영의 새재 여인이, 기러기가 그 고요요 외로움일 것이다. 그 외로움 속에 있을 때 우리는 우리가 되었었다. 그리고 그 고요의 고향, 누구도 불귀할 수 없는 그 절대 세계의 한쪽에서 우리들은 살고 있다. 하지만 소란한 세상 속에서 우리는 너나없이 점점 고요를 잃어가고 있다. 욕망과 편리와 진보는 고통을 계속 꽃피우고 우리한테서 외로움을 빼앗아가버린다. 이 모두의 나는 가아다. 그렇다고 내가 있어야 할 집으로 가고 있는가 하면 아니다. 나는 헛된 편견과 이기와 골육상잔 속에서 살아가고 있다. 외로움은 이 인간을 잊은 것일까? 나여, 사람과 말들이 비가 되어 내리는 밤의 고요를 듣자. 외로움 건너편 허공에 항상하고 즐겁고 나이고 깨끗한 해를 보자. 고요를 빼앗아 가는 것들을 멀리하고 아무나 사랑하지 말자. 어떤 사랑은 나 자신과 남까지 버리기 때문이다. 외로움으로 향하자!

여기 묶은 거개의 시들은 『해청(海靑)』을 내놓은 87년 이후에 발표했던 것들이다.

1993년 가을 화곡동에서
고 형 렬

창비시선 116
사진리 대설

초판 1쇄 발행/1993년 11월 5일
초판 3쇄 발행/2014년 9월 3일

지은이/고형렬
펴낸이/강일우
펴낸곳/(주)창비
등록/1986년 8월 5일 제85호
주소/413-120 경기도 파주시 회동길 184
전화/031-955-3333
팩시밀리/영업 031-955-3399 · 편집 031-955-3400
홈페이지/www.changbi.com
전자우편/lit@changbi.com

ISBN 978-89-364-2116-8 03810

* 책값은 뒤표지에 표시되어 있습니다.